UNE GERBE

POÉSIES DIVERSES

<table>
<tr><td>PARIS</td><td>ALENÇON</td></tr>
<tr><td>A. CHÉRIÉ, éditeur de la Revue des
poètes et du Sonnettiste
13, rue de Médicis, 13</td><td>Ch. THOMAS et L. MENTION,
imprimeurs
8, rue du Collége, 8</td></tr>
</table>

1877

RAOUL BONNERY

Membre de l'Académie des Poètes

UNE GERBE

POÉSIES DIVERSES

PARIS

A. CHÉRIÉ, éditeur de la Revue des poètes et du Sonnettiste

13, rue de Médicis, 13

ALENÇON

Ch. THOMAS et L. MENTION, imprimeurs

8, rue du Collége, 8

1877

UNE GERBE

POÉSIES DIVERSES

A MA MÈRE

L'AVEUGLE

Au docteur **COURSSERANT** (1)

AVANT-PROPOS

J'avais vingt ans, j'étais aveugle. Ces deux simples mots, rapprochés l'un de l'autre, ne font-ils pas assez deviner ce que j'ai souffert.

Je rêvais de lumière dans la nuit profonde. La jeunesse et l'espérance voulaient chanter en mon cœur ; mais j'étais aveugle, et leur chant s'éteignait en sanglot !

Je ne comptais plus sur les hommes. Le front caché dans les mains caressantes d'une mère en larmes, je cherchais à élever ma pensée vers le Ciel, pour m'éloigner de la douleur.

Cependant un homme est venu, grave et bon, un philosophe et un savant. Cet homme m'a consolé, il m'a guéri.

C'était le docteur Coursserant. Sa science bienfaisante a passé doucement sur mes yeux, comme l'aile d'un ange ; et j'ai vu.

Le soleil a jeté sur moi ses gerbes de sourires dorés ; je marchais et l'espérance a étendu sous mes pas le tapis de ses fleurs printanières.

Je me suis avancé, comme Lazare surgissant dans la vie nouvelle, et je me suis retourné vers mon sauveur pour le bénir.

De tels hommes ne sont-ils pas supérieurs à l'humanité ? Ils ne traversent notre monde que pour en saisir les secrets utiles, que pour en panser les plaies, que pour consoler ceux qui souffrent, guérir et aimer...

(1) Bon et savant oculiste de Paris ; né à Montignac on 1813 (Dordogne); mort à Paris en 1873.

Ah ! que les peuples élèvent sur nos places publiques la statue des guerriers qui tuent ; nous conserverons au fond du cœur — nous les poètes — l'image et le souvenir des savants qui rendent la vie.

Celui-là qui m'a ouvert les yeux, qui a changé mon deuil en joie, le docteur Coursserant, je le bénis, moi l'aveugle de la veille, moi le consolé de vingt ans. Je lui dois tout... et ces vers, qu'on va lire aux pages suivantes, je les ai faits pour lui, hymne qui monta en un jour de mon âme à mes lèvres, comme le chant inconscient que jette l'oiseau vers l'ami qui l'a rendu libre.

Ces vers. . ma main achevait à peine de les tracer, lorsqu'un bruit cruel frappa mes oreilles ;

Et ces yeux, que Coursserant avait ouverts, se voilèrent de nouveau... Cette fois ils étaient voilés par les larmes !

On m'annonçait que lui, l'ami, le bienfaiteur, le consolateur surhumain n'était plus.

Coursserant était frappé par la mort, lui le dompteur de la mort, lui mon cher docteur.

Ces vers modestes, que je comptais lui porter, ces paroles de respectueuse tendresse qu'il me tardait de lui adresser, comme la bénédiction d'un fils, tout se glaça sur mes lèvres. Il était mort !

De pareils hommes peuvent-ils mourir ainsi !

Je me suis arrêté dans ma douleur; puis j'ai repris la plume ; et rassemblant mes vers comme je l'eusse fait pour l'ami vivant, je les ai réunis, j'ai tracé à la suite les rimes désolées que m'inspiraient ma peine et mes regrets ; et je viens déposer aujourd'hui ce modeste recueil sur la tombe de l'ami mort. C'est le pieux hommage d'un cœur qui n'oubliera pas. C'est le petit bouquet de fleurs des champs sur le mausolée du sage.

L'AVEUGLE

STANCES

—

AU DOCTEUR COURSSERANT

> Si vous en savez un, pauvre, errant, miserable,
> C'est à celui-là seul que je suis comparable.
> (André Chénier.)

I

Aveugle, un faible enfant était près de sa mère.
Sa noire chevelure augmentait sa pâleur ;
Déjà, sur ses beaux traits se lisait la douleur.
— Passe un soldat..... « Viens voir ! » cria son jeune frère.
L'aîné ne bougea point, mais il pleura tout bas.

. . . .

Et la mère disait, par les pleurs, embellie :
    « Quoi, Ciel ! Il l'appelle..... il oublie
    Que le pauvre enfant n'y voit pas ! »

II

La foule est à genoux dans le rustique temple ;
C'est l'heure solennelle où de jeunes enfants,
Pour la première fois, heureux et confiants
Vont recevoir leur Dieu. Tout ému je contemple.
Près de moi, pleure un homme au visage viril :
— Marche une jeune aveugle ; une main charitable
    La conduit à la sainte table.
    « O ma fille ! » murmure-t-il.

III

Partout rire et gaieté; c'était un jour de fête.
Le soleil était d'or et le ciel radieux.
Je descends le village : un bruit mélodieux
Vient caresser mes sens ; je retourne la tête :
Au milieu de la place, une lyre à la main,
Les yeux levés au ciel chante une jeune fille.
Elle est aveugle..... et son front brille
D'innocence... — O cruel Destin !

IV

Sous l'attrayant climat du midi de la France
L'invasion chassait une mère et son fils ;
Le jeune homme est aveugle. Ils sont tous deux assis
Au bord d'un frais ruisseau qui serpente, en silence,
Au pied de la montagne. — « O ma mère ! là-bas,
S'écria le jeune homme, à cette horrible guerre,
Que ne suis-je auprès de mon frère ! »
Et l'aveugle pleura tout bas.

V

Les obus ennemis tombaient sur l'ambulance ;
Il fallait, à la mort, arracher les blessés.
Médecins — prêtres — sœurs , tous étaient empressés
Au périlleux transport des soldats de la France.
« Laissez-moi mourir-là ! » criait, hagard, fiévreux,
Se tordant sur son lit, un malheureux zouave.
— Une balle, du jeune brave,
Avait emporté les deux yeux. — .....

VI

Un colossal steamer rentre du nouveau monde.
La ville court au port, joyeuse de revoir
Ces hommes que, jamais, n'abandonne l'espoir,
Même au terrible choc des colères de l'onde.
— « Quel est ce matelot, que ce mousse conduit ? »
Dit la foule. — « Un captif, dont un Chef (1) sanguinaire
   Creva les yeux pour se distraire ! »
   Répond un marin qui frémit.

VII

Elle n'a plus le front que l'espérance dresse ;
Ses traits semblent plus purs sous leur mate pâleur.
Un ange, en la voyant, l'eût prise pour sa sœur,
Tant son jeune visage exprime de tendresse.
Deux enfants — deux amours — assis sur ses genoux
Jouaient à s'embrasser. — O malheureuse mère !
   Ton œil éteint à la lumière
   Te cache un spectacle bien doux !.....

VIII

Trente ans, il a vécu dans les mines de houille ;
Veilles — jeûnes — travail n'ont point courbé son front.
Maintenant son front penche. Il semble un moribond.
Son fils lui dit : « Courage ! » Et son grand œil se mouille.
Sa fille le caresse ; et, frissonnant, hagard,
Il exhale un soupir qui dit toute son âme.
   — Le feu grisou, traîtresse flamme,
   A brûlé son mâle regard. —.....

(1) Chef, chez les sauvages, commandant suprême de la tribu.

IX

Autrefois il disait : « Prusse, Autriche et Russie ;
» Berlin, Vienne et Moscou ; Wellington et Blücher ;
» J'ai tout vu ! J'ai la croix ! J'ai le droit d'être fier ! »
Et l'orgueil allumait sa prunelle endurcie.
Mais il dit maintenant, en se tordant les bras :
« Ma belle Alsace ! Eh quoi ! Tu n'es plus de la France.....
       » Pauvre Alsace !..... Et pour ta défense,
       » Aveugle, que pouvais-je, hélas !..... »

X

Les cheveux du vieux prêtre ornent d'une couronne
Son beau front, que les ans courbent sous leur fardeau.
Un banc est près du seuil ; et, quand le temps est beau,
Il y vient respirer ; et, quand l'angelus sonne.
Un enfant, par la main, au temple du Seigneur
Conduit le pauvre aveugle ; en le voyant paraître,
       Chacun dit : « C'était un bon prêtre.....
       Saluons..... respect au malheur ! »

Cécité ! Cécité ! J'ai connu ton martyre....
Je pleurais. ... — Coursserant m'a rendu le sourire.

Dix-huit ans ! heureux âge, où sur notre front luit
L'espérance, et, déjà, pour moi, tout était nuit ! .,..
Oiseaux, vous accouriez, au-dessus de ma tête,
Chanter une romance à la nature en fête ;
Fleurs, vous me souriiez, et, sous mes tristes pas,
Changiez l'air en parfum. — Je ne vous voyais pas !.....

Soleil, dans les longs plis de ton manteau de flamme,
Tu berçais doucement les douleurs de mon âme ;
Sentiers, bois, prés, ruisseaux — vous me plaigniez tout bas,
En me voyant passer. — Je ne vous voyais pas !.....
Amis , dans votre main vous étreigniez la mienne ,
Et tentiez de remplir, en mon âme chrétienne,
La coupe de l'espoir. — Je ne vous voyais pas !.....
Mère — ange de la terre — oh ! comme dans tes bras
Je m'armais de courage ; oh ! comme sous ta lèvre
Je calmais, de mon front, la douloureuse fièvre :
Puis, ton œil s'éclairait. — Je ne te voyais pas !.....
Coursserant quand, vers vous, je m'avançais — front bas ,
— Hésitant — trébuchant ; la lèvre souriante,
Vous me tendiez la main : et l'âme confiante
Je vous livrais mes yeux. — Je ne vous voyais pas !.....
Cinq ans sont écoulés. — J'ai bien souffert, hélas !
Courage, abattement, espoir, sombre présage
Tour à tour, ont calmé, contracté mon visage.
J'ai versé bien des pleurs. Mais, je jette aujourd'hui
Sur ce calice amer le manteau de l'oubli :
Le Ciel a couronné ma ferme confiance
En vous, savant docteur. — Cinq ans, votre science ,
Dans l'arène, a lutté. Dieu, de sa propre main,
Appuyait, sur mes yeux, l'épais voile qu'en vain
Vous vouliez déchirer.

Vaincre : c'était la gloire.

Dieu, noble Coursserant vous laissa la victoire.

O vous, que je bénis, Ciel ! Vénéré docteur !
Vos noms, en lettres d'or, sont gravés dans mon cœur !

SOUVENIRS ET REGRETS

Je bénissais son nom ! sous ta faux implacable,
O Mort ! tu le fauchais !.....
                 Mort ! Mystère insondable,
Océan ténébreux, labyrinthe inconnu,
Désert sans chemin, Mort ! Réponds, qui donc es-tu ?
Serais-tu la justice austère, intelligente ?
Ou la brutalité féroce, inconsciente ?

Cet homme presque Dieu pourquoi le frapper, lui ?
O Mort ! sais-tu pourquoi quand tu frappes ? et qui ?

Frapper ce juste !.... O Mort ! c'est faire une hécatombe ! ! !
Ah ! Dieu le voulait donc ?... .
                 Eh quoi ! c'est sur sa tombe
Que je suis à genoux ? M'entendez-vous , docteur ?
Comprenez-vous ma plainte, et ma grande douleur ?
Mais, malgré les excès du chagrin qui m'oppresse,
Toujours reconnaissant, je redirai sans cesse,
Sur les toits, sur les monts, à toute heure, en tous lieux,
Ce que furent, pour moi, vos soins religieux !
Je redirai partout la bonté de votre âme ;
Partout, de vos grands yeux, la chaleureuse flamme ;
Partout, que votre nom est le nom de l'honneur !

Debout sur votre tombe, ah ! laissez-moi, docteur,
Crier : « Postérité ! Souviens-toi du modeste,
Du savant Coursserant !..... »

> O vous tous, en qui reste
Profondément gravé le noble souvenir
De cet homme de bien ! O vous, qu'il sût guérir !
O vous. qu'il eût guéris ! Tous, sur son humble tombe,
Fléchissons le genou..... que de tous les yeux tombe
Une larme sincère..... Oui, pleurer, c'est prier.
Ces notes, quand le cœur sait les balbutier.
Vont suaves vers Dieu commé un chant de guitare.
Pleurons..... moins qu'un pleur vrai le diamant est rare.
Qui fait les diamants ? — Ce n'est que le soleil.
— La douleur fait les pleurs.
> Si, de votre sommeil,
J'avais troublé le cours, prince de la science ?
Pardon !

> Docteur, adieu !!!..... Reposez en silence.

Saint-Rémy-du-Plain (Sarthe)
1873.

UN MATIN DE MAI

Romance

A Mademoiselle Angèle B.

Musique de Julien Vernhet [1]

Dans un matin de mai que de charmes pour l'âme :
Le ciel d'un air de roi revêt son manteau bleu,
Le soleil met l'éclair dans son grand œil de flamme ,
Ils semblent à l'envi vouloir saluer Dieu ;
Mais la terre à son tour a mis sa robe verte :
Les fleurs jettent leur baume et les oiseaux leur chant,
La source d'un ton gai gazouille en se cachant.
D'un hymne universel la nature est couverte.

Oh ! qu'un matin de mai rassérène le cœur !
C'est un parfum qui cause une suave ivresse,
Un murmure qui berce, un souffle qui caresse.
    Tout parle amour, tout dit bonheur !

Que de coquets tableaux vont suivre la prière :
Sur une branche un nid d'où sort un bruit charmant...
Ce sont les nouveaux-nés que réveille la mère ;
Par un dais de verdure, ombragés mollement,

(1) Éditeur : de Ploosen, 58, Passage Brady, Paris.

Ce sont leurs doux exploits que deux moineaux retracent ;
A dame pâquerette un bluet fait sa cour ;
Deux fourmis sous la mousse échangent un bonjour ;
Sur un buisson fleuri deux abeilles s'embrassent.

Oh ! qu'un matin de mai rassérène le cœur !
C'est un parfum qui cause une suave ivresse,
Un murmure qui berce, un souffle qui caresse.
      Tout parle amour, tout dit bonheur !

Si nous allons plus loin... partout mêmes esquisses :
Nonchalamment couché dans l'herbe d'un pré vert
C'est un riant troupeau d'indolentes génisses ;
Puis c'est un écureuil qui dresse son couvert ;
A l'ombre d'un bosquet un rossignol s'inspire ;
Un grillon se promène et lève un front gaillard ;
Un groupe de levrauts joue à Colin-Maillard ;
Auprès d'une linotte un roitelet soupire.

Oh ! qu'un matin de mai rassérène le cœur !
C'est un parfum qui cause une suave ivresse,
Un murmure qui berce, un souffle qui caresse.
      Tout parle amour, tout dit bonheur !

IRONIE DU HASARD

A Monsieur Aimé Giron

Membre de la Société des Gens de lettres

I

Souvent je vais m'asseoir au bord d'un frais ruisseau :
L'herbe croît sur la rive ; à ma droite, un ormeau :
Un rossignol y loge ; à ma gauche, un vieux chêne :
Il traîne fièrement des ans la lourde chaîne :
Derrière, le rideau d'un verdoyant buisson :
Un gros grillon m'y vient visiter sans façon ;
Devant, courbés sur l'eau, feuillage au vent, deux saules :
On dirait deux enfants sur leurs fraîches épaules
Laissant tomber le flot de leurs cheveux soyeux.
Là, seul, je viens rêver.
                  J'étais là. Ciel joyeux ,
Murmure du ruisseau, caresse de la brise,
Hymne du rossignol, tout en mon âme, éprise
D'un poëme nouveau, chantait amour, bonheur.
Un bruit sourd, prolongé, de mon esprit rêveur
Vient troubler, tout à coup, la suave élégie.
Je cours dans le chemin : Eh ! quoi, c'était la vie
Que je chantais, là-bas, en mon coin ravissant !
Là, c'est la mort qui passe ! Oh ! le morne passant !
Oh ! le noir voyageur, messager du silence,
Qui sème sur ses pas : deuil, pleurs, désespérance !
Un pesant char-à-bancs servait de corbillard.

Assis près du cocher, un prêtre : un beau vieillard.
Il était simple et grand ce tableau d'une bière
Que seuls accompagnaient un prêtre et sa prière.

En face du cercueil j'invoquai le Seigneur.
La voiture du mort roulait avec lenteur,
Traînant en gémissant le poids d'une poussière ;
Les chevaux, tout songeurs, marchaient au cimetière :
Vers la ville muette, où plane le regret,
Ils sentaient qu'ils menaient un voyageur muet.

II

Un matin, le soleil souriant à la terre
Me ramenait joyeux en mon coin solitaire.
Au tendre bégaiement de mon joli ruisseau,
Aux soupirs amoureux de mon fidèle oiseau,
Au souffle du zéphyr j'achevais mon poëme,
Quand un bruit vient encor m'arracher à moi-même :
C'était une voiture entraînée au grand trot ;
Les chevaux derrière eux laissaient le large flot
D'une poussière épaisse où s'effaçait la route,
Comme s'éteint le jour sous une sombre voûte ;
Et dans le char-à-bancs, pêle-mêle entassés,
Brune et blond, blonde et brun tendrement enlacés,
D'élégants amoureux et des filles charmantes
Chantaient les doux serments de leurs âmes aimantes....
Puis tous ces rangs pressés encore se pressaient,
Et les couples heureux riaient puis s'embrassaient.

C'étaient mêmes chevaux ! C'était même voiture !

O contraste hideux de l'humaine nature !
Le mort et les amants avaient mêmes chevaux,
Avaient même voiture ! !

                      Oh ! sur vos fronts si beaux,
Couples aimants, je veux ne voir aucun nuage :
N'apprenez pas l'emploi de ce char de louage....
Ignorez l'ironie où s'est plu le hasard
D'écouter vos baisers au fond d'un corbillard ! !

Ce fait n'est point invraisemblable : Quantité de villes n'ont point de corbillard attitré ; s'il faut de la ville en une campagne, ou d'une campagne en la ville, conduire un mort, on doit aller chez le loueur de voitures; or, la voiture et les chevaux que vous choisissez peuvent très-bien, hier, avoir promené les gens d'une noce ; et vice versâ.

LA MARGUERITE DE St-RÉMY-DU-PLAIN. (1)

A Mademoiselle Marie B.

I

L'angelus sonnait au village.
« Midi ! » crièrent deux enfants,
Dont l'un, dans son humeur volage,
Brisait, les yeux tout triomphants,
Un bluet. « Midi ! » répétèrent
Aux faneurs nos gourmands bambins.
Râteaux et fourches s'arrêtèrent :
Les enfants battirent des mains.

« A table, en cercle tout le monde ! »
Dit le maître, homme au joyeux front.
On s'assit par terre : la blonde
A côté du brun, et le blond
Auprès de la brune. La soupe
Au milieu prit place : on mangea.
Du babil on vida la coupe.
Puis, pour dormir on s'arrangea.

(I) St-Rémy-du-Plain : bourg de la Sarthe.

II

Au bout du pré le ruisseau coule.
Entre deux rives de gazon
Son ruban moiré se déroule ;
Et, pendant la chaude saison,
L'on entend rire, sous les saules
Penchant leur feuillage éploré,
La faneuse aux rondes épaules ;
Le faneur au teint coloré.

Là, pensive, loin des dormeuses,
Dans les eaux plonge ses pieds nus
Une de mes belles faneuses.
On sent des charmes inconnus
Sous l'épaisse toile qui couvre
Cette gorge de dix-sept ans ;
On voit qu'à l'amour son cœur s'ouvre,
Ainsi que la fleur au printemps.

Sa chevelure dénouée,
Dans son dos tombe en gerbe d'or ;
Mais par le zéphyr secouée,
Elle laisse entrevoir encor
Sa taille à la riche cambrure.
Le ruisseau, fidèle miroir,
Lui répète que, sans parure,
Jolie elle est : blonde à l'œil noir.

III

Près de la rêveuse fillette,
Une marguerite, avec soin,
Mire aussi sa tête coquette.
Seulette dans son petit coin,
Elle dit à l'adolescente,
D'un air de mystère, et bien bas :
« Je suis belle aussi ; puis savante !
Interroge-moi, tu verras ? »

L'amante a compris le langage
De sa jeune sœur en beauté.
Elle hésite, sur son visage
Sont peints le doute et la fierté.
Mais, vient le désir..... la faneuse
N'y peut résister.... vers la fleur
Elle avance une main fiévreuse :
Trouverait-elle la douleur ?...

IV

La blondine interroge : « Il m'aime,
Un peu, beaucoup, éperdument,
Point du tout ! » Et le diadème
De la blanche fleur, lentement,
De ses pétales se dépouille.
Soudain, i'enfant d'un tremblement
Est saisie, et son œil se mouille.....
La fleur répond : Éperdument !

Confuse, rouge, radieuse,
Elle va fuir ; mais un buisson
Brusquement s'ouvre : la faneuse
A devant elle un beau garçon :
Le bien-aimé de la fillette.

. . . .

A ses lèvres, la belle enfant
Se livra tremblante et muette.

. . . .

Il l'embrassa tout triomphant.

Jeune fille, aimes-tu ? dans ton cœur qui palpite,
T'es-tu dit : « M'aime-t-on ? » de Saint-Rémy-du-Plain
Viens consulter la marguerite :
Tu n'auras pas fait un voyage en vain.

LE CHAMP D'HONNEUR

Au Général Chanzy

Gouverneur de l'Algérie

I

La patrie était envahie.....
Nos soldats étaient décimés.
Pour venger la France meurtrie,
Enfants, vieillards s'étaient armés.
On luttait dans chaque village....
On ne consultait plus son âge ;
Le cœur disait : Marche ! on marchait....
Fier dans la tombe on se couchait.
Dans un hameau pauvre, cinq femmes,
Cinq hommes, bref, dix grandes âmes ;
C'est peu, qu'importe ! ils ont du cœur....
Ils mourront : voilà pour leur gloire.
Entendons-les, dans la nuit noire,
Chanter : Mourir au champ d'honneur !

II

Tous, sous le toit de la chaumière,
Mères, enfants, ont joint les mains :
Ils récitent une prière.

Les hommes gardent les chemins.
Soudain un cri, cri d'agonie.
« Ils l'ont tué, mère chérie,
C'est petit père, c'est sa voix ! »
Et le bambin court vers le bois.
L'épouse dévore ses larmes :
Tous courent brandissant des armes ;
L'enfant déjà dit au vainqueur :
— « Pitié ! » Le soudard rit : — « Ton père !
Il était fier, regarde à terre :
Ton père meurt au champ d'honneur ! »

III

Dix ans sont passés, et la France,
De son cœur jetant le trop-plein,
S'écrie : A moi, mes fils, vengeance !
« Présent ! » répond notre orphelin.
Il est grand, il est presque un homme....
C'est le Vengeur qu'on le surnomme.
Les tambours sonnent : En avant !
L'orphelin murmure : « Pourtant ! »
— « Cher enfant, avait dit la mère,
Pars, souviens-toi, venge ton père :
Cherche le soudard.... frappe au cœur. »
— « Oui, ma mère, et je veux lui dire,
Avec le même affreux sourire :
Sois fier, tu meurs au champ d'honneur ! »

IV

Les ennemis sont en présence.
Bataille ! ont crié les clairons.
Et le Soldat-Vengeur s'élance....
Il vole, où court-il ? Aux canons.
« Là, dit-il, se cache l'infâme !...
Derrière ces cracheurs de flamme
Je l'atteindrai ! » Soudain deux cris...
L'un d'effroi, l'autre de mépris :
Le soudard, l'enfant sont en face....
« Meurs ! » dit l'orphelin.... il l'enlace.
Tous deux tombent frappés au cœur.
Et le soir il manquait un brave.....
Mais à l'appel un vieux zouave
Répondit : Mort au champ d'honneur !

ELLE PLEURAIT

Rondeau

A mon ami Léon V.

Elle pleurait.... un gros soupir
Sortit de sa lèvre tremblante.
Tant de douleur me fit pâlir ;
Pourtant il me fallait partir ;
Et baisant sa main frémissante :

Dieu, lui dis-je, voudra bénir
Deux cœurs qu'il aura fait souffrir !...
Mais, penchant sa tête charmante,
    Elle pleurait.

Et je partis, l'âme souffrante.....
Un penser me faisait frémir :
Si je n'allais point revenir !
Je revins — et, sa lèvre ardente
Collée à ma lèvre brûlante,
    Elle pleurait.

DAMOISELLE, ÉPOUSE, VEUVE

Ballade

A ma mère

Musique de Julien Vernhet

Jadis, avec orgueil, au-dessus du village
Le vieux château ducal dressait ses hautes tours.
Au loin du jeune sire on disait le courage ;
Des époux on chantait les heureuses amours.
Chaque jour au manoir c'était un bruit de fête ;
  Et, sous les yeux de leurs seigneurs,
Valets et paysans, tout en courbant la tête,
  Se disaient d'heureux serviteurs.

Au manoir, aujourd'hui, c'est un profond silence.
Au sommet du donjon flotte le drapeau noir :
Contre un prince ennemi le duc brisant sa lance.
Dans un sanglant combat trouva la mort un soir.
En long habit de deuil la jeune suzeraine,
  La nuit, paraît à ses balcons....
Cheveux flottant au vent elle exhale sa peine.
  Minuit ! Elle chante.... écoutons :

I

Alors que j'étais damoiselle
Ma route se voûtait d'azur,
Un ange m'abritait de l'aile ;
Et je m'avançais d'un pas sûr.
Autour de moi j'entendais dire :
Quels grands airs ! Quel regard vainqueur !
Un vieux baron osait prédire
Que je brûlerais plus d'un cœur.

Tous ces éloges à mon âme
Disaient je ne sais quoi tout bas....
De mes yeux jaillissait la flamme :
Pourtant je ne comprenais pas.

Ah ! qu'il me semblait doux de vivre
Lorsque, belle de mes quinze ans,
Je n'avais point lu dans le livre
Qui me coûte des pleurs cuisants !

II

A dix-huit ans j'étais duchesse ;
Mon époux était jeune et beau
Immense était notre richesse ;
Imprenable était le château.
Nos amours coulaient sans nuage ;
Nos cent villages nous aimaient ;
Bonheur ! disait notre visage,
Et nos voisins nous enviaient.

La voix de l'amour à mon âme
Tenait son discours séduisant.....
De mes yeux jaillissait la flamme :
Et je comprenais à présent.

Ah ! qu'il me sembla doux de vivre
Quand, belle de mes dix-huit ans,
J'appris à lire dans le livre
Qui me coûte des pleurs cuisants !

III

J'ai vingt-deux ans.... et je suis veuve !
Un matin, au duc, son vassal,
Le roi demandait une preuve
D'un dévouement franc et loyal :
Le duc revêt alors ses armes,
Sonne ses archers, dans mes bras
Tombe en cachant deux grosses larmes :
Puis il part. — Il ne revint pas !

Son cri d'agonie à mon âme
Retentit plaintif et vibrant....
De mes yeux est morte la flamme ·
Ils ont tant pleuré maintenant !

Ah ! qu'il me semble affreux de vivre
Quand, belle de mes vingt-deux ans,
J'ai déjà tout lu dans le livre
Qui me coûte des pleurs cuisants !

Éditeur : Choudens, 265, Rue Saint-Honoré, Paris.

LA PAGE DU BARON

Ballade

A mon père

Musique de Julien VERNHET

Jadis sur le sommet du roc inaccessible
Le vieux château montrait ses quadruples remparts.
En parlant du baron on disait : « L'Invincible ! ›
On nommait les archers : « Les mille léopards ! »
Au donjon, nuit et jour, l'œil d'une sentinelle
  Fouillait froidement l'horizon ;
Cet œil profond semblait l'orgueilleuse prunelle
  De l'aigle veillant sur l'aiglon.

Aujourd'hui le château n'est plus qu'une ruine,
Le passant attardé lorsqu'il lève les yeux
Ne voit que murs noircis que le temps déracine,
Et qui semblent, d'en bas, des fantômes hideux.
Lui, le baron est fou : fou de haine et de honte.
  Sur un pan de mur, à minuit,
S'aidant des pieds, des mains, cheveux épars, il monte....
  Et, là-haut, chante dans la nuit :

I

Jeune, j'avais un bean visage....
Et les femmes me souriaient !
Jeune, j'étais plein de courage....
Et les hommes me jalousaient !
Au bal j'étonnais les danseuses ;
Je gagnais le prix au tournoi ;
Et dans les forêts ténébreuses
Qui tuait le sanglier ? — Moi !

Je me souvenais que mon père,
Mourant, me montrant son blason,
Me dit : « Ma souche est séculaire ;
Soutiens l'honneur de ma maison. »

Mon printemps était une page
Où, de sa plume, le Destin,
Gracieux comme un jeune page,
N'écrivit pas le mot : « Chagrin ! »

II

Un jour le roi me fit visite ;
Regardant du haut du donjon
Il s'écria : « Le joli site !
Je te fais compliment, baron. »
Et quand il repassa la herse :
« Ma nièce est belle, souviens-toi. »
A ce mot qui me bouleverse,
Humble, je tombe aux pieds du roi.

Neveu du roi ! voilà, mon père,
Qui t'a flatté dans ton cercueil !
Et de sa souche séculaire,
Dis, je soutenais bien l'orgueil !

De mes jours s'emplissait la page ;
Et, de sa plume, le Destin,
Gracieux comme un jeune page,
N'y traçait pas le mot : « Chagrin ! »

III

Si tout homme traîne une chaîne,
Je traînais une chaîne d'or.
Mon bonheur alluma la haine
D'un voisin maltraité du Sort.
Je reçus un cartel cynique,
Pâle, je relevai le gant.
Oh ! la lutte fut héroïque !
Dieu favorisa l'arrogant.

Archers, baronne, enfant, ah ! père,
Tout dort sous ces murs écroulés !
Adieu ta souche séculaire !
Adieu mes rêves envolés ! !

De ma vie est pleine la page :
Au bas, en gros traits, le Destin
A gravé, l'infidèle page,
Dix fois, vingt fois le mot : « Chagrin ! »

QU'EST-CE QUE LA JEUNE FILLE?

A Mademoiselle Marthe V.

Passe-t-il une jeune fille :
Le soleil se fait beau dans ses flèches de feu,
L'oiseau reprend son chant, le ciel devient plus bleu.
Ouvre-t-elle sa lèvre où le corail scintille :
L'air n'est plus qu'un parfum. — Qu'il est doux le milieu,
Petit, petit soit-il, où vit la jeune fille !
Cet ange à l'œil candide, on l'aime; à son adieu
    Une larme dans notre œil brille :
    Qu'est-ce donc que la jeune fille?
    — Une douce larme de Dieu. —

LE GÉNÉRAL

Romance

Au Général Flogny

Musique de Julien Vernhet

L'airain tonne... et le fer sur la ville s'entasse.
Du farouche assiégeant on entend les hourras.
Remparts, maisons, tout croule.... et, pourtant, pas un bras,
Dans ces débris fumants, ne demandera grâce.
Tous ont froid, tous ont faim ; et, sous l'obus brutal,
Enfants, femmes, vieillards, tous narguent la souffrance :
Un homme au front sanglant leur parle de la France.
        Cet homme — c'est le Général.

Ils sont là, frémissants, pleins d'une même haine.
Les premiers sont épars, et cachés dans les bois ;
Les seconds dans le cœur ont du sang de Gaulois.
Ils montrent la poitrine, et sont massés en plaine.
Le clairon jette au loin son hymne sépulcral.. .
Nos escadrons, l'œil fier, fondent — frappent — et meurent :
Un homme étreint son front, il rugit, ses yeux pleurent.
        Cet homme — c'est le Général.

L'aube, sous les longs plis de sa robe nacrée,
Avait vu, fiers et beaux, s'éveiller les deux camps.
Le crépuscule, hélas ! de morts et de mourants
Voile l'affreux tableau de sa robe dorée.
Sur le champ mortuaire, où, d'un œil de chacal,
Le vainqueur déjà fouille, un corps bondit... puis tombe :
Plutôt qu'être captif l'homme s'ouvre une tombe.
Cet homme — c'est le Général.

Éditeur : de Ploosen, 58, Passage Brady, Paris.

LES CARRIÈRES SAINTES

Romance

Au poète, Comte de Perrochel

Musique de Ù. Nivern.

I

Trois fils de l'homme, un jour, devant Saint Pierre
Se présentaient au nom de leurs travaux.
Leur attitude, humble et pourtant altière,
Prouvait leurs droits au séjour du repos.
Le premier dit : — « Je suis soldat de France.
Je suis tombé pour venger son honneur ;
Mourant vaincu, mais gardant l'espérance,
Je m'écriai : France, crois au Seigneur ! »

— « Entrez, mon fils, entrez, âme vaillante ;
On pansera vos membres tout saignants.
Dieu vous reçoit sous sa paisible tente :
Reposez-vous de vos combats sanglants. »

II

Puis le second , d'une voix mâle et fière :
— « Je ne suis, moi, qu'un pauvre travailleur ;
N'asservissant pas l'âme à la matière,
Dans le devoir j'ai cherché le bonheur.
A l'atelier j'ai consumé ma vie ;

Et de mon Dieu j'ai conservé l'amour.
Richesse, honneurs ne m'ont point fait envie ;
Dans ma mansarde on priait chaque jour. »

— « Entrez, vieillard, ouvrier estimable ;
On essuiera votre front en sueur.
Dieu vous reçoit sous son toit immuable :
Reposez-vous de votre dur labeur. »

III

— « Je suis celui qui console et pardonne ,
Dit le troisième, homme au radieux front ;
J'ai dit : Donnez, Dieu bénit quand on donne ;
J'ai dit : Priez, son amour est fécond.
Où l'on pleurait j'ai semé l'espérance ;
Au cœur méchant j'ai parlé sans détour ,
Où l'on doutait j'ai crié : Confiance !
Et du pécheur j'attendais le retour. »

— « Entrez, entrez, prêtre digne d'exemple ;
On enverra poursuivre vos bienfaits.
Dieu vous reçoit dans son céleste temple :
Reposez-vous de vos pieux succès ! »

Editeur : Choudens, 265, rue Saint Honoré, Paris.

UN FROID LINCEUL

A mon ami et poète Edouard Christophe

I

Ils sont deux : le frère et la sœur.
Il a dix ans ; sa lèvre est pâle,
Ses traits révèlent la douceur ;
Mais, son haleine semble un râle,
Et son œil, l'ombre d'un flambeau.
A cette fleur, d'hier fleurie,
Déjà manque la goutte d'eau.
Ah ! pauvre fleur si tôt flétrie !

Elle a six ans... si jeune, hélas !
L'horrible fouet de la misère
La chasse, au bois mort, sur les pas
De son grand et malheureux frère.
Des lignes sombres de son front
Déjà troublent la transparence :
Lignes qui toujours s'y liront....
— On n'efface point la souffrance. —

II

— « J'ai froid ! » disait la faible enfant.
— « J'ai faim ! » disait son pauvre frère.
Et, tous deux, d'angoisse étouffant,
Penchant leurs beaux fronts vers la terre,

Laissaient, de leurs yeux harassés,
Tomber une larme plaintive
Sur leurs petits fagots glacés,
Qu'ils liaient d'une main craintive.

III

La nuit, sur les ailes des vents,
Apportant son manteau de neige,
Les enlace en ses plis mouvants :
Ils ont peur... la peur les allège.
— « Courage, mon frère ! ta main ?
Là-bas, grelotte notre mère ! »
— « Sœur, je ne vois plus le chemin ! »
Ils marchent.... leur peine est amère.

Soudain, un long gémissement ;
Puis, le bruit sourd d'un corps qui tombe.
. . . .
Seigneur ! pourquoi, du brave eufant,
Dans cette neige ouvrir la tombe ?
Pourquoi, si tôt, les séparer ?
. . . .
Ah ! cette nuit-là, pauvre mère !
On vous entendit tous pleurer
Et grelotter dans la chaumière.

A MADEMOISELLE ***

Qui, au 1er avril, avait envoyé à l'auteur un poisson ; et de qui,
au jour de Pâques, 13 avril, elle reçut un œuf.

Napoléon, à Sainte-Hélène,
Dit un jour à Bertrand : « De la poule ou de l'œuf
Lequel fut le premier créé ; j'en suis en peine ? »
Bertrand — brave accompli, théologien neuf —
Répondit : « L'œuf vient de la poule,
La poule vient de l'œuf ; je n'en sais point plus long....
Si la poudre a bruni mon front,
Les livres saints n'ont fait à mes mains nulle ampoule. »

Napoléon eût pu demander, à Bertrand,
Lequel vint le premier au monde
Du poisson ou de l'œuf, que, fort indifférent
Probablement au sort des habitants de l'onde,
Le fidèle soldat n'eût point été moins neuf.
Pour moi, Si je devais passer par cette épreuve,
Je dirais sans broncher : « Le poisson a fait l'œuf ! »
Vous me croiriez, Marié ; en ai-je pas la preuve ?

1873.

LE BUIS DU MARIN

A Mademoiselle Marie B.

I

Tous deux étaient jeunes et beaux.
Tous deux s'aimaient..... comme l'on aime
Lorsque de deux sentiers nouveaux !
— Dont les bords sont fleuris de même,
Mais dont l'un mène à l'amour pur,
L'autre à la volage étincelle —
On prend et poursuit d'un pas sûr
Le sentier de l'amour fidèle.

Ils s'aimaient; et, pourtant, tous deux
Gardaient un lugubre silence,
Front penché, larmes dans les yeux.
Une voix troubla leur souffrance :
Brusquement, la main dans la main,
Ils relevèrent le visage.
Leurs regards fouillant le chemin
Trahissaient un sombre présage.

Tout pour le départ était prêt.
Les fiancés se regardèrent :
Jamais deux amants, en secret
Se contemplant, ne s'inondèrent
D'un feu plus pénétrant, plus doux.
Tous deux quittent leur banc de pierre ·
Et, l'un près de l'autre, à genoux,
S'unissent dans une prière.

Ils se relevèrent soumis :
« Adieu ! » dit le marin en larmes.
Il tomba dans les bras amis
De l'enfant, aux timides charmes,
Dont la bouche lui mit du feu
Au front, sur la lèvre, et dans l'âme.
Il s'éloigne, répète : « Adieu ! »
Et jure une éternelle flamme.

II

Seule, avec son amour et Dieu,
L'amante, pâle, chancelante,
Dénoua le cordonnet bleu
Du pli que, dans sa main tremblante,
Avait glissé le chaste amant.
Un buis enroulait cette ligne :
« S'il jaunit?.... — Prie, ô belle enfant ;
De ma mort ce serait le signe ! »

III

Les semaines suivaient leur cours ;
Aux mois succédaient les années ;
L'humble amante attendait toujours.
Ses lèvres des roses fanées
Avaient pris la triste pâleur ;
Sa voix devenait gémissante ;
Son œil avait moins de chaleur ;
Sa démarche était languissante.

Au village l'on s'alarmait :
« La pauvrette ! elle semble morte ! »
— On la plaignait car on l'aimait. —
Un matin, hélas ! sous sa porte
On vit passer un homme noir.
Le médecin, tête baissée,
Sortit : il n'avait point d'espoir.
Chacun dit : « Pauvre fiancée ! »

Le prêtre succède ; à l'enfant
Il murmure cette parole :
« Espère dans le Tout-Puissant ! »
Mais à l'ami qui la console
Elle montre le pâle buis.....
Puis le râle entr'ouvrit sa bouche.
— Le vieillard avait tout compris ;
Et priait au pied de la couche.

Soudain, grand bruit — des voix — des pas
— La porte s'ouvre.....
                              La mourante
Se dresse — pleure — et tend les bras :
Le marin s'y jette. . . . .

 . . . .
                              L'amante
Dès ce jour promptement guérit.
Amour ! ô remède suprême !

 . . . .

Et le prêtre à l'autel leur dit :
« Enfants, soyez bons.... Dieu vous aime ! »

LE PRISONNIER DE GUERRE

Au Colonel Broye

Aide de camp du Maréchal-Président.

Je devais vous connaître, ô larmes incessantes
Qui creusez de sillons les traits du prisonnier !...
Serrant avec amour mes armes impuissantes,
Je tombai, l'œil hautain, les couvrant d'un baiser.
O toi, dis-moi, mon âme — à parler je t'invite —
Dis que je suis tombé comme un cœur valeureux ?
Merci ! je souffre moins.... la tristesse me quitte...
     Et mes pleurs sont moins douloureux !

Vent — qui. sous ton haleine, embaumes le feuillage,
Et penches sur mon front les flexibles rameaux ;
Vent — qui, sous ta caresse, égayes mon visage,
Et tords ma chevelure en ondoyants anneaux ;
Vent — peut-être viens-tu du pays que j'habite ?....
Ah ! souffle, souffle encor, souffle dans mes cheveux ?
Merci ! je souffre moins.... la tristesse me quitte....
     Et mes pleurs sont moins douloureux !

Oiseau — qui, sur la branche, au-dessus de ma tête,
Fais monter vers le ciel ta suave chanson ;
Oiseau — dont les accents, que mon âme répète.
De l'humble enfant que j'aime épèlent le doux nom ;
Oiseau — peut-être as-tu, sous le toit qui l'abrite ,
Dormi près d'elle !... Ah ! dis, redis ton chant joyeux ?
Merci ! je souffre moins.... la tristesse me quitte....
      Et mes pleurs sont moins douloureux ;

Nuage — qui, du pas d'un vieux guerrier en larmes,
Sembles fuir agité d'un pénible frisson ;
Nuage — arrête... écoute... Ah ! comprends mes alarmes ! ..
Viens-tu du sombre champ où gronde le canon ?
Mes frères, dis-le moi, les as-tu vus ? —dis vite !
Ils tombent, n'est-ce pas, comme tombent les preux ?
Merci ! je souffre moins.... la tristesse me quitte....
      Et mes pleurs sont moins douloureux !....

LA CAPTIVE

Romance   orientale

Au poète Madame d'Ernesti (Louise Bader)

Musique de Julien VERNHET.

Où sont-ils les beaux jours de ma pure jeunesse ?
Où sont-ils les moments de ce bonheur sans nom ,
Qui tient à l'innocence, où, le cœur plein d'ivresse,
Mon vieux père à mon bras, j'errais dans le vallon ?
Beaux jours, vous n'êtes plus..... O souvenance amère !....
Et moi, dans ce harem, sous ces riches lambris,
Esclave du Sultan, quand sanglote ma mère
    Je danse, je chante et souris !....

Quand le soleil étend sur les eaux du Bosphore
Les plis diamantés de son ample manteau ;
Quand, pour fêter le Ciel, la fleur qui vient d'éclore
Joint son brûlant parfum à l'hymne de l'oiseau ;
Quand, de sa douce voix, le zéphyr dit à l'âme
Que c'est l'heure où d'amour le cœur doit être épris.....
Moi, jouet du Sultan que ma jeunesse enflamme,
    Je danse, je chante et souris '....

Quand, sous un vert bosquet à l'œil inaccessible,
L'amante s'abandonne à des songes heureux ;
Quand, la main dans la main, sur une onde paisible
Voguent deux fiancés, aux regards langoureux ;
Quand, partout de la terre, au Ciel il ne s'élève
Que de suaves chants et que de joyeux cris.....
Moi, pour qui ce bonheur n'est qu'un lugubre rêve,
    Je danse, je chante et souris !...

Où sont-ils les beaux jours de ma pure jeunesse ?....
Oh ! que je l'aimerais l'amant audacieux
Qui, fort de son amour, qui, beau de hardiesse,
M'arracherait un soir à ces murs odieux !!!
Mais, non ! un garde veille armé du cimeterre
Et toi, cruel Sultan, de mes maux tu te ris !....
Quand je voudrais pleurer, Tyran, pour te distraire
    Je danse, je chante et souris !!!

LE PETIT RAMONEUR

Au poète Alfred Levic

La nuit à pas lents s'avançait.
Je rêvais triste à ma fenêtre ;
Un petit ramoneur passait :
« Hé ! bonsoir ! » me dit le pauvre être.
Et le petit voyageur noir,
Tout content de sa politesse,
Me regardait, me laissant voir
De grands yeux bleus pleins de tendresse.

Il me plut cet aimable enfant.
Nous causâmes : — « As-tu ta mère ? »
— « Eh, oui ! » puis d'un ton triomphant :
» J'ai fait pour elle une prière :
» Mon Dieu, que je dis chaque jour,
» Pour lui réjouir ses années
» Fais qu'elle entende mon bonjour
» Sur le haut de mes cheminées ! »

J'aimais le petit savoyard.
Je lui tapotai sur la joue :
— « As-tu faim, gentil montagnard ? »
Il eut une charmante moue.
« Petit, tiens, prends ! » — « Oh ! du pain blanc ! »
Fit-il avec un beau sourire.
Sa main se tendit en tremblant ;
J'étais ému, faut-il le dire.

Comme ses dents blanches croquaient !
Mais ses grands yeux sur mon visage
Avec surprise se braquaient ;
Soudain, de son plus doux langage :
« Monsieur, vous avez du chagrin ! »

. . . .

Il avait lu, lui, dans mon âme ;
Et toi, Laure, tu n'y lis rien....
Ah ! pourquoi t'ai-je aimée, ô femme !

Mars 1876.

A UNE RÊVEUSE

Romance

A Mademoiselle Angeline C.

Musique de Julien Vernhet

Jeune fille, à vingt ans, faire la paresseuse !..
Allons, sautons du lit.... déjà, dans la maison,
Ta jeune sœur travaille ; et, d'une voix joyeuse,
Lance vers le ciel bleu sa plus belle chanson.
Jeune fille, debout : rejoins ta sœur rieuse.
       Fauvette, rejoins le pinson.

Quoi ! tu ne bouges pas.... mais, vois : dans ta chambrette
Le soleil curieux a glissé son œil d'or,
Et fièrement promène en ta douce retraite
Un regard indiscret. — Tu ne dis rien encor.....
Ah ! je devine enfin : si la lèvre est muette,
       L'âme explore un nuage d'or.

Qu'est-ce donc ? — Tu souris, ô belle jeune fille !
Ton œil vague s'allume, et d'un monde inconnu
Semble voir les douceurs ; et sur ton front scintille
Une secrète joie ; et ton joli bras nu
Se gonfle sous un sang qui bouillonne et pétille :
       Jeune fille, à quoi rêves-tu ?

1873

A MADEMOISELLE M. B.

I

Tristesse

Il était malheureux. — Elle était jeune et belle.
Il l'aimait ; elle allait partir,
Et peut-être, de lui, ne plus se souvenir.
Il leva lentement, sur elle,
Les profonds regards de ses yeux
Tout scintillants d'amour sous leurs longs cils soyeux.
Leurs doux regards se confondirent.
Elle comprit. — Ils se sourirent.

Mais sur son front, candide et gracieux,
Laissant errer un éclair soucieux,
La svelte et brune enfant tend sa fine main blanche.
Le jeune homme d'un doux baiser
La couvre — puis il pleure — et sa tête se penche —
Et la petite main, qu'il ne peut plus presser
Tant est troublé son cœur, doucement se dégage.
Un bruit sourd le ramène à lui ;
Pâle il relève le visage :
Il était seul — l'ange s'était enfui.

II

Joie

On a frappé. « C'est elle ! » Et la prunelle noire
Du jeune homme frissonne ; et, sous des doigts d'ivoire,
La porte s'ouvre ; et l'ange aux grands yeux bleus
    Apparaît le front tout joyeux.
A cette vision, de la femme qu'il aime,
    Le jeune homme veut hasarder
Un tendre mot.... mais son trouble est extrême.
La belle enfant, qu'à peine il ose regarder,
A lu dans son œil noir que la tristesse voile....
Et de ses jolis doigts elle lève son voile.
    Et lui de prendre un long baiser
Où l'ivresse du cœur ne peut se déguiser.

1872.

JE VOUDRAIS ÊTRE MALHEUREUX!

Chanson

Au poète Albert Caprès

Musique de Julien Vernhet

I

J'entends dire, par tout le monde,
Qu'il est si doux d'être amoureux
Que sur la terre et que sur l'onde,
Vrai, rien ne vous rend plus heureux.
Depuis que j'aime Madeleine,
Moi, je n'ai plus le cœur à rien :
Morbleu ! je n'ai guère de veine.....
J'en vais mourir, je le crains bien.

Si c'est ce bonheur que l'amour nous donne,
Ah ! que je plains donc ceux qui sont heureux.
Quant à moi, faut pas que ça vous étonne,
Eh bien ! je voudrais être malheureux !

II

Avant que l'amour m'importune
Chacun vantait mon embonpoint;
Et tous les gars de la commune
Se taisaient sous mes coups de poing.

Aujourd'hui d'une pichenette
On m'enverrait bien à trépas ;
J'ai pas la force d'une ablette ;
Je suis sec comme un échalas.

Si c'est ce bonheur que l'amour nous donne,
Ah ! que je plains donc ceux qui sont heureux.
Quant à moi, faut pas que ça vous étonne,
Eh bien ! je voudrais être malheureux !

III

Depuis que j'aime la fermière
Je ne sais plus ce que je fais ;
J'ai fait mourir la nuit dernière
Le seul ami vrai que j'avais :

Mon cheval, dans son écurie,
Depuis trois jours sans picotin,
Succombe par mon incurie,
Victime aussi de mon destin.

Si c'est ce bonheur que l'amour nous donne,
Ah ! que je plains donc ceux qui sont heureux.
Quant à moi, faut pas que ça vous étonne,
Eh bien ! je voudrais être malheureux !

IV

Il est grand temps que ça finisse...
Maintenant, Ah ! je le vois bien,
Il faudra, pour que je guérisse,
L épouser.... c'est le seul moyen :

Au grand mal faut le grand remède....
Moi, je voulais rester garçon :
Je ne le puis car, sans son aide,
Je ne verrais pas la moisson.

Privé du bonheur que l'amour nous donne
Je pourrai donc voir des jours plus heureux·....
Car, enfin, faut pas que ça vous étonne,
Je vais donc pouvoir être malheureux !

Editeur : de Ploosen, 58, Passage Brady, Paris.

LES DEUX SENTIERS DE LA VIE

A mon ami et poëte Paul Pujol

I

L'un comme une glace est uni ;
Il se déroule en pente douce ;
Il s'allonge, droit comme un i,
Recouvert d'un tapis de mousse
Frangé de fleurs aux mille éclats.
Mais peu, sur cette herbe ondulée,
Y doivent prendre leurs ébats :
A peine, hélas ! elle est foulée !

II

L'autre est épineux, rocailleux,
Inégal, tortueux, aride ;
Le vent souffle, et rend périlleux
Les ravins dont la bouche avide
S'ouvre le long de ses deux bords.
Et beaucoup suivent cette route.
Des corbeaux rôdent aux abords :
C'est que beaucoup tombent, sans doute !

UN CUIRASSIER DE REICHSHOFFEN

Au Général Michel

. . . .

. . . . . , ...

Après un court silence, où coulaient lentement
Quelques pleurs sur sa joue, il poursuit tristement :

« Rassemblant mon cheval, j'allais franchir la haie
» Quand, tout à coup, un bruit terrible, dont s'effraie
» Le soldat le plus brave, éclate à mes côtés...
» Je pousse un cri strident, mes nerfs sont contractés,
» Je roule sur le sol, ma main lâche mes armes,
⸱ Mon sang se mêle au sang de mon bon frère d'armee :
» Car ainsi j'appelais mon brave Abd-el-Kader
» Qui chargeait, crins au vent, narguant le feu, le fer !
» Ensemble nous tombions. — La funeste mitraille
» Qui, sanglants, nous jetait sur le champ de bataille,
» En me broyant la jambe avait affreusement
» Mutilé mon cheval, qu'hélas ! si tendrement
» J'embrassai le matin !

           » Tandis que l'un et l'autre
» Tout bas nous gémissions ... Tandis qu'obscur apôtre,
» Martyr presqu'ignoré du devoir du soldat,

(1) Reichshoffen : mémorable défaite du 6 août 1870 où les 8⁰ et 9ᵉ cuirassiers ont poussé des charges devenues légendaires.

» Je râlais, dans mon sang, sur ce champ de combat...
» Le soleil se parait, comme en un jour de fête,
» De ses plus beaux rayons ; au-dessus de ma tête
» Chantait un rossignol sur un jeune arbrisseau ;
» A mes pieds, où coulait un limpide ruisseau
» Rougi du noble sang des enfants de la France,
» Une humble pâquerette, avec indifférence,
» Baignait sa tête blanche en ces sanglantes eaux ! »

A ce noir souvenir de déchirants sanglots,
Des soupirs bien profonds sortis de sa poitrine
Trahissent son chagrin... Mais, écartant l'épine
Qui lui brise le cœur sans le faire pleurer,
Il reprend, en laissant sur ses lèvres errer
Un sourire haineux dont je frissonne encore :

« Transi, par le trépas qui déjà me dévore,
» Je m'éveille au contact d'un bras de sang taché :
» Un Uhlan, sur mon corps avidement penché,
» Détachait de mon cou le portrait de ma mère !
» J'implore, je supplie... il brave ma prière ;
» Je rugis... il ricane, il m'insulte des yeux ;
» Il s'éloigne un moment, puis revient furieux :
» Du talon de sa botte il achève, le traître,
» Mon cheval expirant aux côtés de son maître !
» Ah ! m'écriai-je, horreur ! Mon portrait, mon cheval !
» Frémissant de colère, et comme le chacal,
» Qui sur le ravisseur de ses petits s'élance,
» Je fondis sur mon sabre !.., Hélas ! pour ma vengeance
» Il fallait me dresser ! ! Il le vit l'assassin !
» Aussi poursuivit-il tranquille son chemin,

» Avec un rire affreux qui tenait du sauvage !
» Moi, la mort dans le cœur, bondissant plein de rage,
» Je roule inerte aux pieds du cadavre sanglant
» De mon Abd-el-Kader, de sang tout ruisselant !
» — Le soleil ne cessait de dorer la nature ;
» — Le rossignol toujours chantait dans la ramure
» Qu'agitait doucement quelque brise du soir ;
» — La blanche pâquerette en son rouge miroir
» Se balançait toujours !... O nature cynique !»

Il se tait. Il promène un œil mélancolique
Sur sa jambe de bois... et ses yeux de vingt ans
Sur ses robustes traits roulent deux pleurs brûlants
Il se dompte, et soudain un vif éclat de rage
Illumine son front, son mâle et beau visage.
Dieu ! dans son grand œil noir quelle flamme brilla
Quand, d'une voix vibrante et claire, il s'écria :

« O mes chers compagnons ! héros pleins de vaillance,
» Tombés à Reichshoffen en acclamant la France,
» Sur vos fiers ossements, que les pieds criminels
» Du farouche vainqueur foulent avec jactance,
» Il ne s'entend qu'un cri ; mais le cri de vengeance,
» Cuirassiers immortels ! »

Tête nue, et les yeux vers la voûte azurée,
Il dit en suppliant, d'une voix assurée :

« Seigneur ! Dieu des combats !
Au jour de la vengeance
Donne à la noble France :
Et d'intrépides soldats,
Et des chefs pleins de vaillance ! »

Il tâcha de sourire ; et me serrant la main,
Triste et mélancolique, il reprit son chemin..

––––––––––––

Le six août ! jour fatal !... Français, versons des larmes
Sur ce jour si funeste à nos vaillantes armes !
Sur ce jour, ô Michel, où l'on vit succomber
Toutes tes légions, tous tes braves tomber,
Sans avoir un moment pu fixer la victoire !
Comment sont-ils tombés tes Titans pleins de gloire ?
— Comme tombe le tigre en plaine découvert ;
— Comme tombe l'Arabe aux sables du désert ;
— Comme tombe en chargeant un régiment de braves ;
— Comme savent tomber les cuirassiers , zouaves
De la cavalerie.
                         'Ils sont morts tes héros ! !!
Et la Prusse, en riant, marche sur leurs tombeaux !
Ah ! nous nous souviendrons ! Oui, vengeance ! vengeance !
Pour ces nobles héros, tous frappés pour la France ! ! !

––––––––––––

ECOUTONS !

A Mademoiselle Angèle B.

L'aube blanchit les toits ; le ciel se fait d'azur,
    Le zéphyr glisse, l'air est pur.
Sa fenêtre est ouverte : au clavecin assise,
Elle joue, elle chante. — Ecoute, ô douce brise :
C'est ta course folâtre au travers des roseaux,
Puis tes bonds dans les prés ; écoutez, gais oiseaux :
C'est l'hymne caressant qu'au bord de la fontaine
Vous dites, deux à deux, à l'ombre d'un vieux chêne ;
Ecoutez, jeunes gens : c'est le chant de vos cœurs
Jurant, dans leur transport, un sentiment fidèle.
Quel charme en son regard à ce chant des douceurs !
    Ecoutons ! Souvenons-nous d'elle !

La nuit noircit les toits ; point d'étoiles aux cieux,
    Le vent siffle, l'air est brumeux.
Sa fenêtre est ouverte : au clavecin assise,
Elle joue, elle chante. — Ecoute, ô froide bise :
C'est le gémissement du pauvre en ses lambeaux
Où ton souffle le glace ; écoutez, noirs corbeaux :
C'est le cri du mourant sur le champ de bataille
Quand vous venez finir l'œuvre de la mitraille ;
Ecoutez, jeunes gens : c'est le chant de vos cœurs
Gémissant sous le poids d'un penser infidèle.
Quel charme en son regard à ce chant des douleurs !
    Ecoutons ! Souvenons-nous d'elle !

1er octobre 1875.

ÉLAN DE L'AME (1)

Hélas ! hélas ! pourquoi, pourquoi mon œil limpide
S'est-il éteint ? Hélas ! dans mon élan rapide,
Vers l'avenir, pourquoi suis-je donc arrêté ?
Que t'ai-je fait, Seigneur ! pour avoir mérité
Ce cruel châtiment, cette épreuve terrible ?
La cécité !... La nuit !... horreur ! horreur horrible !!!
Mais regarde, Seigneur, je n'ai que dix-huit ans.
Ma mère aussi t'implore..... elle aussi, de printemps,
Ose croire ma tête encore bien légère,
Pour avoir encouru ta céleste colère.
Protecteur de l'enfant égaré dans le bois,
Soutien de l'orphelin entendras-tu ma voix :
Cri d'un fils malheureux ? — Dieu puissant, je l'espère !
En toi j'ai mis ma foi ; pour moi, sois un bon père :
Ah ! fais que je revoie, et, marchant à l'honneur,
Que de mes bons parents je fasse le bonheur !

Paris, 25 août 1869.

(1) Ces vers me sont échappés un jour qu'attendant le docteur, qui ne venait pas, j'étais assis dans un fauteuil, d'une chambre d'hôtel, à côté de ma mère qui pleurait.

Inspiré à une messe pontificale en la cathédrale du Mans par un mot de mépris sur l'Eglise.

Sonnet

> Toute religion fondée sur des opinions
> humaines est fausse et variable, et il
> n'a jamais appartenu qu'à Dieu de
> nous donner la vraie religion.
>
> BUFFON.

A ma tante Mademoiselle Alphonsine Lebarbier.

Qu'ils bercent doucement les tristesses de l'âme
Ces hymnes solennels qui, de l'immense chœur
De cette cathédrale, aux genoux du Seigneur
Vont verser humblement leur parfum et leur flamme :

Celui-là n'est-il donc qu'impie, et non infâme,
Qui n'écoute ces voix que le dédain au cœur ;
Qui ne couvre ces chants, imprégnés de douceur,
Que du mot de sarcasme, ou du rire du blâme ?

Plus que dans aucun temps cet être existe, hélas !
Que d'esprits, de nos jours, qui ne comprennent pas
Qu'on goûte de la joie à ces notes sacrées.

Non, jamais chant profane, au plus superbe accent,
N'aura l'attraction du langage puissant
Aux paroles par Dieu, lui-même, consacrées !

"

UNE ENFANT DE L'ALSACE

A ma cousine Marie F.

Elle semblait avoir six ans.
Sa belle chevelure blonde
Caressait les traits séduisants
De sa figure pâle et ronde ;
Son œil respirait la douceur ;
Son front trahissait la souffrance :
On y lisait que le malheur
L'avait vouée à l'indigence.

Un jupon court laissait le froid
Gercer ses pauvres jambes nues ;
Le corsage, en plus d'un endroit,
Offrait des lignes décousues ;
Les souliers, crevés sur le flanc,
Montraient deux pieds bleus d'engelures ;
On voyait, par instants, du sang ,
Rougir le bord des déchirures.

Tête nue et les doigts enflés,
Elle courait, de porte en porte,
Offrant, sur les trottoirs gelés,
Des pelotes de chaque sorte
En velours de toutes couleurs,
Avec dessins de coquillages.
Elle disait aux acheteurs :
« Prenez donc ces petits ouvrages ? »

A ma porte elle vint aussi.
Sur mon visage elle sut lire :
« C'est ma plus belle, celle-ci ! »
Me dit-elle avec un sourire.
J'en pris trois. — Un éclair joyeux
La clouait plus belle à sa place ;
Soudain des pleurs mouillent ses yeux.

.   .   .   .

— Elle pensait à son Alsace. —

Février 1872.

HEUREUX POUR UN BLUET

A Mademoiselle M. B.

Ils se turent tous deux. — « Ce doux nom de Marie ;
   » Ce nom qui caresse le cœur ;
» Ce nom qui charme l'âme et s'en fait une amie ;
   » Ce nom respirant la candeur ;
» Oh ! gracieuse et svelte jeune fille,
Se disait, front penché, le jeune homme souffrant,
    » O toi, dont l'œil de douceur brille,
    » Qu'il te sied bien ce nom charmant ! »

Il relève la tête avec moins de tristesse ;
   Son front pâle est moins soucieux.
Il parle à l'humble enfant, son grand œil la caresse :
   « Marie, oh ! oui, je suis heureux
» Si, de ces fleurs, dont vous avez eu peine
» A dépouiller les champs ; si, de ce frais bouquet,
    » Que parfume encor votre haleine,
    » Vous me laissez prendre.... un bluet ! »

La brune jeune fille, avec un doux sourire,
    Promène son regard brillant
Du jeune homme à ses fleurs qu'il contemple et désire....
    S'approche du cher mendiant.....
    De deux bluets orne sa boutonnière.
— Lui tressaille au contact de ces doigts blancs et fins. —
    « Ami, suis-je de bonne guerre ? »
    Dit-elle. — Ils pressèrent leurs mains.

Tous deux avaient vingt ans. — Quand la nuit fut venue,
    Quand vibra l'heure du départ ;
Quand la douce Marie, hélas ! fut disparue :
    Caressant d'un brûlant regard
Ses deux bluets, le jeune homme eut des larmes.

. . . .

. . . .

Longtemps, couché dans l'herbe, à Marie il rêva :
    De l'enfant il aimait les charmes.

. . . .

. . . .

    Beaux bluets, il vous conserva.

Paris, 15 juillet 1871.

ELLE RIAIT

Rondeau

A mon frère

Elle riait si franchement
Que de gros pleurs, de sa paupière,
Tombaient et s'en allaient gaiement
Rejoindre le soulier d'enfant,
Que son pied oubliait à terre.

« Ah ! » cria-t-elle en me voyant ;
« Devine qui sort à l'instant ? »
Et, s'enfonçant dans sa bergère,
    Elle riait.

— Un rébus ! ô Claire, ô ma chère,
Grâce, grâce ! — « Eh bien ! mon savant,
Me dit-elle, c'est le pimpant
Vieillard C.... qui voulait ta Claire
Pour femme ! » Et, m'emplissant un verre,
    Elle riait.

LA ROSE

Chansonnette

Musique de Julien Vernhet

I

De mon cousin c'est aujourd'hui la fête.
Lui faire un don serait tout mon désir....
En vain je cherche et me creuse la tête,
Je ne vois rien qui lui fasse plaisir.
Mais, pourquoi pas lui donner cette rose....
Hé ! qu'en pensez-vous, Jean, l'acceptera-t-il bien ?
Regardez donc, elle est à peine éclose.....
Ah ! dam, n'y touchez pas : c'est pour mon Lucien !

II

Dites, ami, n'est-elle pas charmante ?
Son velouté, sa riante couleur
— Qu'humecte encor la rosée abondante —
De son parfum égalent la douceur.
N'écartez pas ainsi chaque pétale ,
Jean, si vous la froissiez !... Méchant, ce n'est pas bien.
Vous ternissez sa fraîcheur matinale...
Elle ne plaira plus à mon cher Lucien !

III

Mais qu'est-ce donc... en regardant ma rose
Pourquoi, sur moi, fixer ainsi vos yeux ?
Me la ravir, Jean, n'est pas, je suppose,
Votre dessein !... ce serait odieux.
Vous m'approchez... me cherchez-vous bataille ?
Le vilain ! il m'embrasse ! Et ma rose.... plus rien...
Toute effeuillée ! Et le méchant me raille :
Je n'ai plus rien, hélas ! pour mon beau Lucien !

LA LETTRE D'UN ENFANT DU MANS

Au Général Chanzy.

Le Mans était aux mains des soldats allemands.
 C'étaient de toutes parts leurs insolents panaches,
Leurs sanglants éperons ; on n'entendait au Mans
Que leur jargon, brutal comme des coups de haches.
Mais l'armistice vint : leur air fut moins vantard,
Leur sabre moins bruyant sur le trottoir des rues,
Et l'habitant sortit. — Seul, un homme, un vieillard
Ne voulut point croiser ces figures bourrues
Qui, du rire, venaient peut-être d'insulter
Au râle de son fils, de son enfant unique,
Car son hussard est mort ! pourrait-il en douter :
L'enfant n'a plus écrit depuis la lutte antique
Où le Mans, trois longs jours, tint tête aux Allemands !
Car son hussard est mort sous les murs du vieux Mans :
   Aux lieux mêmes qui l'ont vu naître....
   Son berceau devient son cercueil !
Et ce vieillard jadis ferme devant l'écueil,
Cet homme qui jamais ne pleurait plus peut-être,
   Ce survivant de Waterloo
Chez lui, tordant ses bras, balbutiait en larmes :
« Seigneur ! de ma vieillesse il était tous les charmes ! »
Puis il voulait mourir. — Oh ! le sombre tableau !
Un jour, comme il priait, soudain sa porte s'ouvre.

« Une lettre ! » s'écrie, en tremblant, le vieillard
Il la brise, et ces mots s'offrent à son regard :
Hôpital de Laval. — De baisers il la couvre.
Voici ce que disait la lettre du hussard :

I

« Père, au combat du Mans, j'enlevais le drapeau
Des dragons Bavarois, et, pressant ce lambeau
Le portais à Chanzy, quand, du pas de la foudre,
Se mit à ma poursuite un nuage de poudre....
C'étaient les Allemands. Je lance mon coursier :
Inutile ! on me cerne : et je suis prisonnier.
Un drapeau dans les mains! m'écriai-je, et se rendre....
Jamais!!! Prisonnier, oui ! mais qu'ils viennent me prendre!

II

« Les dragons, sabre en l'air, se ruèrent sur moi....
Et je me défendis comme tu l'as fait, toi,
A l'assaut de Blidah, sous la toque du zouave.
Oui, je me suis battu comme se bat un brave.....
Frappé — sabré — haché — couvert de sang — meurtri,
Je résistais toujours.... lorsque m'échappe un cri
Comme en pousse vaincu le brigand de Calabre :
J'avais le crâne ouvert. Oh ! l'affreux coup de sabre !

III

« Et le drapeau prussien, tout rougi de mon sang
Qui couvrait mon cheval de rage frémissant,
Le drapeau s'échappait de ma main blêmissante,
Aux insolents hourras de la horde arrogante
Qui tenait un mourant ; et voulait l'achever,
Pour le punir d'avoir essayé d'enlever,
A la Prusse, un drapeau !... — Qui me sauva? des braves !
Père, c'étaient des tiens ; père, c'étaient des zouaves ! »

Le vieillard s'arrêta sur la ligne où son fils
    Lui disait : « Père, je t'embrasse ! »
Car le vieillard pleurait, et, ses bras amaigris
Levés vers le Seigneur, au Ciel il rendait grâce.

VA-T-EN

Au poëte Paul Labbé

La nature était en furie :
Les nuages allaient, couraient
Ainsi qu'une troupe ahurie ;
Les vents échevelés erraient
Broyant la fleur, brisant le chêne ;
La neige engloutissait les nids ;
La grêle foudroyait la plaine.
— Les hommes se sentaient punis. —

Le silence de la nature
A pour moi des attraits charmants :
J'aime du zéphyr le murmure,
De la source les bégaiements.
Mais aussi j'aime, et plus peut-être,
La tempête : le Ciel en feu,
Le vent hurlant. A ma fenêtre,
Muet, j'écoutais passer Dieu.

Serait-ce le hasard, qu'en sais-je,
Je baissai les yeux, et je vis....
Quoi : le chemin couvert de neige ?
Oh ! mes yeux de tristesse emplis
Disaient qu'ils voyaient autre chose :
Je vis un cercueil ; le cercueil
D'une jeune fille : une rose
Sur le drap instruisait mon œil.

A la tête du corps, personne :
Le prêtre en l'église attendait.
Derrière, un beau vieillard frissonne :
Le père. Comme il regardait,
Quel sombre éclair sous sa paupière !
Il suivait seul, n'entendant rien,
Regardant avancer la bière
Qui lui prend sa fille : son bien.

Les quatre porteurs avec peine
Marchaient, le front nu, sous le vent.
La bise glaçait leur haleine ;
Tristes, ils allaient en avant.
Leurs pas s'éteignaient dans la neige....
Si l'on sut que passait un deuil
C'est qu'un bruit troublait le cortége :
La grêle frappait le cercueil.

Quoi, c'était une jeune fille
Qui partait par ce temps affreux !
Enfant, Dieu t'ouvre sa famille....
Pars, va : les jours y sont heureux.
Ne regrette point notre terre :
Quelquefois on y pleure tant !
Pars, n'apprends point notre misère ;
Emporte ta candeur ; va-t-en !

A UNE JEUNE FILLE

A Mademoiselle Marguerite C.

Ange, que notre terre appelle jeune fille ;
Toi, que les séraphins comptent dans leur famille,
Laisse-moi parcourir, d'un long regard ami,
La mignonne chambrette où ta lèvre vermeille
Répand ce doux parfum qui, dans notre âme, éveille
  Un penser encore endormi.

Laisse-moi contempler ta fenêtre joyeuse ,
Aux longs rideaux discrets ; et la laine soyeuse
De cet épais tapis que foule ton pied nu,
Quand, le soir, à genoux, de ta voix qui caresse
Tu demandes à Dieu de guider ta jeunesse
  Dans le sentier de la vertu.

Laisse-moi contempler cette glace coquette
Où ta fine main blanche, au matin, se réflète
En bouclant tes cheveux au parfum séduisant.
Laisse-moi contempler, dans ta gentille armoire,
Ce petit livre saint qu'ouvrent tes doigts d'ivoire
      Dans le temple du Tout-Puissant.

Laisse-moi contempler, de l'œil d'un jeune frère
Qui joue avec sa sœur, le pieux sanctuaire
Où tu viens te livrer, confiante, au sommeil,
Sous la suave haleine et le regard modeste
De l'ange descendu, de la voûte céleste,
      Pour te garder jusqu'au réveil.

Laisse-moi contempler, ô douce jeune fille,
Aussi ton frais visage où se retrace et brille,
Ainsi qu'un pur azur, la candeur de ton cœur ;
Et laisse-moi te dire, en quittant ta chambrette :
T'aimer — ange terrestre — oh ! la charmante dette
      Que nous devons au Créateur !

QU'EST-CE QUE L'AMOUR?

A mon ami et poète Edouard Christophe

Un soir, tout ébloui, tout émotionné
      Par l'original épilogue
      D'un feuilleton passionné,
      Je me tenais ce monologue :
Qu'est-ce l'amour ? — Le suc d'une charmante fleur :
On cueille, on presse, on boit. Oh ! qu'il a soif mon cœur !
Mais ma lèvre, bientôt, cessa son doux ramage ;
La surprise et la peur pâlissaient mon visage :
Une invisible voix, qui me poursuit encor,
Disait dans l'ombre : « Enfant, sois patient, sois sage,
Sonde longtemps ton cœur : l'amour est un breuvage
      Qui donne la vie ou la mort ! »

ELLE CHANTAIT

Rondeau

A mon ami et poète Paul Pujol

Elle chantait joyeusement
Quand, lentement, grave et sévère,
Je m'avançai vers cette enfant
Que mon or, à moi vieil amant,
Changeait en petite vipère.

Vous me trompez indignement !
Lui dis-je, haut et froidement.
Mais, embrassant son vieux cerbère,
    Elle chantait.

Un baiser domptait ma colère.
Elle le savait — le serpent !
Le soir j'apporte un diamant.
« Je serai fidèle et sincère ! »
Me dit-elle ; et, vive et légère,
    Elle chantait.

TROUVE LA RIME

Rondeau

A Monsieur Ernest Ameline

Membre de la Société philotechnique

Trouve la rime ! Oh ! la phrase mutine
Qu'avec des yeux à rendre fou d'amour
La belle enfant, de sa voix argentine,
Avec défi, me lançait tout le jour.

Qu'elle était folle, et rieuse, et badine !
A chaque instant nous nous faisions la cour ;
Un gros baiser me donnait la blondine,
Puis s'enfuyant : « Mon poète, à ton tour ;
      Trouve la rime ! »

Je l'embrassais.... — Baissant ses yeux de biche,
L'enfant, parfois, disait : « La rime est riche ! »
L'or me l'a prise — O douleur ! O destin !

J'ai d'une autre Ève égayé ma chambrette ;
Mais celle-ci, brunette plus discrète,
Ne me dit pas, le soir ou le matin :
      Trouve la rime !

ON EST FAITE POUR ÇA

Chansonnette

Musique de Julien VERNHET

Toutes les mères,
Trop sévères,
Veulent défendre à leurs filles d'aimer ;
Mais vaine défense
Lorsque, dès l'enfance,
D'un feu naissant on se sent enflammer.
Mais vaine défense,
On sent déjà,
Malgré son innocence,
On sent déjà
Qu'on est faite pour ça !

Lorsqu'on dispose
Une rose,
Prend-on pour soi tout ce tracas, vraiment !
Quand on nous admire '
On nous fait sourire...
Est-ce grand mal que chercher compliment ?

Quand on nous admire
On sent déjà
Que le cœur nous inspire ;
On sent déjà
Qu'on est faite pour ça !

La main tremblante,
Et brûlante,
On met la main dans la main d'un galant ;
On regarde à terre,
On voudrait se taire ,
Mais le cœur jette un tic-tac désolant.
On regarde à terre,
On sent déjà
Qu'on aime et qu'on va plaire ;
On sent déjà
Qu'on est faite pour ça !

Quand de la flamme
De son âme
Il peint l'ardeur, on pâlit, on rougit ;
On semble interdite,
Pourtant l'on médite,
Puis dans notre œil, soudain, l'éclair surgit.
On semble interdite,
Le Oui, déjà,
Sur la lèvre s'agite ;
Le Oui, déjà,
Et tout finit par ça !

IMPRÉCATIONS D'UN SOLDAT D'HÉRICOURT (*)

Au Général Bourbaki

Ciel étoilé ; minuit.
               La terre se taisait ;
L'Alsace, surmontant sa douleur, reposait.
Seul un Alsacien veille.... et si l'on se demande
Ce qu'il cherche en ses murs, par la torche allemande
Détruits, écoutons-le :
               « Père, c'est moi... ton fils !... »
Personne ne répond.... l'écho lui rend ses cris.
Eh bien ! il saura tout, sa haine le soulage :
Il quitte ses débris et monte le village.
La ruine partout.... partout un toit désert.
Dans ces murs chancelants il s'engage, il se perd.
Quel est ce chercheur sombre ? — Un dragon de l'armée
Que, malgré Bourbaki. le sort a décimée ;
Un héros d'Héricourt, dont les vaillants exploits
Ont pour témoins parlants l'épaulette et la croix.

Il n'a rien découvert !
               A vingt pas du village
Etait un sentier creux, sombre, d'étroit passage,
Encor rouge de sang !... Le dragon s'arrêta.
Son œil peignit l'horreur, sa gorge haleta.

(*) Héricourt : sanglante défaite, du 17 janvier 1871, qui jette l'armée de
Bourbaki en Suisse.

Mais il était doué d'un mâle caractère :
Il prend l'étroit chemin.

          Il regarde la terre ;
Un noir penser l'assiège.... et plus il avançait,
Plus, dans son pas tremblant, il se ralentissait.
Tout à coup, il pâlit, verse deux grosses larmes.
Il pleure..... lui, soldat ! lui, l'homme des alarmes ,
Qui ne sait plus pleurer !... Pourquoi ces pleurs subits ?
— Il est sur un tombeau ! Là, des soldats-bandits
Dans le sang d'un vieillard assouvirent leur rage.
Il voudrait reculer : il pressent un orage ;
Il ne peut faire un pas.

          La tombe est devant lui.
Oh ! sur l'humble bois noir de quel éclair a lui
Le regard du dragon ! — Le vieillard, c'est son père !
L'ancien soldat tombé, là, dans cette carrière,
Son père ! qui lui semble, au pied de cette croix,
Demander un vengeur, en montrant, de ses doigts
Crispés et menaçants, cette terre sauvage
Où ricane Berlin !... Mais que peut son courage ?

Debout, muet, pensif, en proie à sa douleur,
Il n'a qu'un sentiment : un sentiment d'horreur !
Que ce meurtre brutal, honte de leur victoire,
Va voiler d'un grand deuil sa vie et son histoire !

Et la reine des nuits, sur ce tableau navrant
De ses feux argentins déversant le torrent,
Sur la funèbre croix — don de pieuses âmes —

Lui laissait toujours voir, brillants comme des flammes,
Ces mots : Dix-sept janvier !

                   « O lâches !... O bandits ! »
Cria-t-il en crispant les poings, « Soyez maudits ! »
Puis il baise à genoux la tombe de son père :
Mais ce devoir pieux l'accable et l'exaspère :
« Dix-sept janvier !!! J'étais sous les murs d'Héricourt,
» Me battant en Gaulois, en enfant de Strasbourg,
» Et le plomb m'épargnait !... Et toi, vieillard auguste,
» Qui, pour eux, eut le tort d'être homme honnête et juste,
» Tu fus, en ce lieu là, traîné brutalement
» Pour être assassiné !!! sans me voir un moment
» Pour me dire : Je meurs ! mais à toi la vengeance !
» —Tu tombas en martyr en acclamant la France.
» Tu mourais en soldat, sous un plomb assassin !
» L'homme du Nord n'est-il qu'un abject spadassin ?....
» Bourbaki, souviens-t'-en !!!

                   » Toujours un fils espère.
» Puisque je suis sauvé, j'irai trouver mon père,
» M'écriai-je.... et j'accours....

                   » J'arrive ; juste Dieu !
» Partout tout est détruit ; tout est cendre en ce lieu ;
» Rien n'est resté debout : plus de toit, plus de maître !
» Inquiet, l'œil hagard, en vain je cherche l'être
» Que je veux embrasser, réjouir à la fois ;
» Et ce n'est que sa tombe, hélas ! que j'aperçois !
» Fuis, fuis. ô mon bonheur, devant cette barrière ! »

. . . .

Il regarde le Ciel, murmure une prière ;
Puis, domptant sa douleur, debout sur le tombeau,

Il soulève les plis de son large manteau,
Saisit sa croix, et fier, comme un antique athlète,
L'attache au bois funèbre.... et, d'une voix discrète :
« Père, dit-il. pour toi cet humble souvenir
Du courage d'un fils que tu ne peux bénir ! »

Il se tait ; et, soudain, son mâle et beau visage
Enveloppe ses traits dans l'éclair de la rage.
Le front audacieux, le regard foudroyant,
Il tire son épée ; et, du fer flamboyant,
Sous dix-sept janvier, grave un mot, un seul : Vengeance!

Magnanime orphelin ! Noble enfant de la France !

Mais ce n'est point asssez. Il faut à ce soldat
Qu'il exhale, en ces lieux, sa haine avec éclat.
Il lui faut menacer des meurtriers indignes.
De ses traits assombris il affermit les lignes,
De sa prunelle en flamme il double les éclairs ;
Puis, brandissant son sabre, il lance dans les airs
— Le visage tourné vers la Prusse hautaine —
Cette imprécation de sa sanglante haine :
« Vos lauriers pâliront, outrecuidants Prussiens !
» Bientôt la France en deuil pourra venger les siens,
» Et moi venger mon père ! Oui, le Dieu des batailles
» Un jour sera pour nous ; et vos fières murailles,
» Teintes de votre sang — ô farouches soudards —
» A grand bruit s'ouvriront devant nos étendards ! »

Ainsi qu'il était beau, — seul dans cette carrière,
— Seul sous le firmament scintillant de lumière,
— Seul sous les yeux de Dieu ; son épée à la main,
Sa chevelure au vent, maudissant le Germain....
Menaçant l'Allemagne un pied sur une tombe.
Mais sa douleur l'égare, et, chancelant, il tombe.

Bataille d'Héricourt, bataille de Titans,
Si lourdement fatale à nos fiers combattants !
Bataille d'Héricourt, — où les fils de la France.
Sans pain, sans vêtements, firent par leur vaillance
Réfléchir Manteuffel l'implacable frappeur ;
— Qui fis pâlir Werder ; — qui glaças de stupeur
L'Europe désirant le triomphe Tudesque !
Bataille d'Héricourt, où l'effort gigantesque
Du lion Bourbaki fit trembler, un moment,
Sur son char triomphal, le César allemand !
Bataille d'Héricourt. — qui, restant à la France,
Couronnais nos soldats épuisés de souffrance.
Délivrais aussitôt l'héroïque Belfort
Recouvert lentement du voile de la mort ;
— Qui rejetais Werder et Treskow en Alsace,
Et les forçais peut-être, un soufflet sur la face,
A repasser le Rhin ! ...

      Bataille d'Héricourt,
Tu n'es qu'un noir Crécy, qu'un sanglant Azincourt
Que la France, en pleurant, a mis en son histoire
Au feuillet des grands deuils ! ! !
       Bourbaki, la victoire
Nous conservait le Rhin !
        Mais, pour vaincre en ce lieu,
— Les pieds nus dans la neige — il fallait être un Dieu !

A MESDEMOISELLES DÉTREY ET DORZAT

à Besançon.

Nobles dames, ô vous, si bonnes ;
O vous, qui, de soins empressés,
Comblez nos malheureux blessés
Que la haine de deux couronnes
    A jetés brutalement
Aux horreurs d'une atroce guerre ;
O vous, dont le dévoûment
Dans les bras d'une pauvre mère
Ramène sans cesse un cher fils,
Frappé pour son noble pays ;

O vous, qui me rendez mon frère,
Ce jeune et courageux lancier,
Que je pleurais avec ma mère !
Comment vous en remercier ?....

—Du fond de notre pauvre France.
A vos pieds, ah ! laissez venir
Ces vers, modeste souvenir
De ma douce reconnaissance ! !

Les Cabanes (Tarn),
lieu de notre exil pendant l'invasion,
11 mars 1871.

SUR L'ETANG DE SAOSNES ^(*)

Au poète Mademoiselle Amélie Gex.

I

Le ciel, beau sous son manteau bleu ;
La terre, alerte et rayonnante
Dans sa robe verte traînante ;
Le soleil, son grand œil en feu,
Etaient venus le matin même
Fêter l'été de son retour,
Et lui remettre, en ce beau jour,
Sur la tête le diadème.

Ce premier jour de royauté
Avait couvert l'été de gloire :
Le zéphyr avait eu victoire ;
Et l'aquilon déconcerté
Avait entendu dans sa fuite
Le cri goguenard des oiseaux
Qui, des guérets et des roseaux,
Couraient en groupe à sa poursuite.

(*) Saosnes : bourg de la Sarthe.

Pourtant, par instants, la chaleur
S'était montrée impérieuse ;
Aussi sous l'ombre généreuse
D'un superbe saule pleureur
Une langoureuse bergère
S'était assise, dans ses bras
Berçant un agneau que, tout bas,
Elle appelait son petit frère.

II

C'est le soir. L'enfant a quitté
Le saule où se plaisait son âme.
— L'œil plein d'une amoureuse flamme,
— Le sein doucement agité,
— Sur le bord de l'étang assise,
— Auprès d'elle son blanc troupeau,
— Sur ses genoux son bel agneau,
Elle écoute passer la brise.

Mais le doux baiser du zéphyr
De l'enfant augmente la fièvre :
Il lui met du feu sur la lèvre.
Dans son œil, écrin de saphir,
Soudain d'humides perles roulent ;
Son front lentement s'est penché :
On dirait un épi fauché.
Elle souffre trop... ses pleurs coulent.

Elle était séduisante avant ;
Elle est divine sous la peine.
Ses cheveux, du noir de l'ébène,
Dénoués, par les doigts du vent,
S'amoncelaient sur son front pâle ;
Et, sous ce diadème noir,
Ses traits empreints de désespoir
Prenaient la blancheur de l'opale.

Tout se taisait. Mornes, tremblants,
Le front pensif et la prunelle
Vers la terre, tout autour d'elle
S'étaient groupés les moutons blancs ;
L'agneau de la pauvre bergère
Léchait les mains. Tout respectait
Ce deuil d'une âme qu'habitait
La douleur, hideuse mégère !

III

L'humble enfant éprouve un frisson :
C'est le réveil de l'espérance !
Non, c'est le cri de la souffrance ;
Non, c'est la fonte du glaçon ;
C'est le réveil de l'inertie ;
Oui, c'est la plainte.
Avec amour
Regardant le soleil, le jour
S'éloigner, elle balbutie :

« Ainsi s'en va mon beau printemps !...
Quoi, déjà retombent fanées
Les fleurs de mes jeunes années....
Et, pourtant, je n'ai pas vingt ans !
Hélas ! si je suis orpheline,
Si je reste seule ici-bas,
Faut-il encor que, sous mon pas,
Je ne rencontre qu'une épine !...

« Pourquoi ne veux-tu point, Seigneur !
Que je puisse cueillir la rose ?
Je voudrais aimer !... Quelque chose
Murmure tout bas à mon cœur
Que l'on ne vit point seul sur terre....
Et si jamais je ne souris,
C'est que je n'ai que trop compris
Que l'espoir est ce qu'il faut taire !...

« Et, pourtant, ma mère en mourant
Me disait : « Enfant, je te laisse
Riche d'une fraîche jeunesse ;
Belle d'un grand œil transparent....
Tu suivras la route fleurie. »
Ah ! pauvre mère ! de ton vœu
Tout s'est ri — les hommes et Dieu !
— Je n'aperçois que fleur flétrie !... —

« Et, pourtant, mon père expirant
Me disait : «Courage, ma fille !
Sur ton front l'innocence brille ;
Ton cœur est un vase odorant.....
Ton ciel sera d'azur ; — courage ! »
Ah ! pauvre père ! de ton vœu
Tout s'est ri — les hommes et Dieu !
— Je n'entends que mugir l'orage !... —

« Eh non ! personne pour m'aimer,
Moi, dont le cœur est jeune et tendre ;
Moi, qui croyais pouvoir prétendre
A ce doux bonheur de nommer
Un être aimé !... Comme en mon âme
Je sens, mon Dieu, que j'aimerais ,
Et que je t'en remercierais !...
Mais non, tu condamnes ma flamme!...

« Passe...., passe... ô mon doux printemps !
Retombez.... retombez fanées,
O fleurs de mes jeunes années !...
Et, pourtant, je n'ai pas vingt ans !
Hélas ! si je suis orpheline,
Si je reste seule ici-bas,
Faut-il encor que, sous mon pas,
Je ne rencontre qu'une épine !!! »

Elle allait de nouveau pleurer,
Mais, brusquement, elle se lève,
Veut croire qu'elle a fait un rêve,
Dans l'ombre cherche à s'assurer
Du chemin ; puis, pressant contre elle
Son seul ami — son bel agneau —
Elle remmène son troupeau.

. . . .

. . . .

Pitié, Seigneur ! elle est si belle !

IV

Une modeste croix de bois
S'élève au bord du cimetière.
Là, jamais d'amant en prière,
Mais, la nuit, l'on entend parfois,
Affirment les gens du village,
Comme des bêlements d'agneau.

. . . .

. . . .

Si belle, si jeune, au tombeau !...

. . . .

. . . .

Mort ! ton bras est-il toujours sage ? ? ?....

Jeune fille, veux-tu trouver un Dieu clément
Qui t'écoute et t'arrache à ton isolement ?
        Ne va point sur l'étang de Saosnes :
Sur ces bords les démons se sont dressés des trônes ;
On n'y veut point savoir le tendre mot d'hymen,
On te rejetterait seule sur le chemin.

FAUTE ET RÉPARATION

A M. Ernest Ameline

Membre de la Société Philotechnique.

Je rêvais sous un saule aux cheveux verdoyants
Retombant, jusqu'à terre, en longs flots ondoyants ;
Sous mon rustique temple, à la riante voûte,
Je pouvais explorer tranquillement la route
Qui se déroulait droite, éblouissant les yeux
De l'éclat des cailloux qui prenaient, sous les feux
D'un soleil tropical, des airs de perle fine.
Le vent, ce matin là, joyeux, l'humeur câline
Avait dû s'éveiller : il s'était fait zéphyr.
Et quand tomba la nuit il avait dû ravir
Bien des baisers aux fleurs, car, déjà, dès l'aurore
Son souffle parfumé trahissait que chez Flore
Il avait fait visite, et que de chaque fleur,
Qu'arrosait la déesse, il avait -- le voleur --
Respiré le parfum et baisé le calice.
Un léger bruit de pas me tira de la lice
Où, poète impuissant, je poursuivais en vain
Une rime rebelle : un ravissant bambin
S'avançait, sautillant, mordant une tartine.
Soudain l'effroi pâlit sa figure lutine :
Un homme est sur la route où le suit un chien noir.
L'homme était un bohème, et le chien laissait voir
De grands crocs qui semblaient, cependant, moins terribles

Que les deux yeux hagards, et pleins d'éclairs horribles,
Que le sombre étranger dardait sur le chemin.
Vêtements en désordre, un bâton à la main,
Les cheveux poussiéreux et flottant dans l'espace,
Barbe aux crins emmêlés : voilà l'homme qui passe.
Il a vu le bambin saisi de tremblement ;
Il a vu la tartine : un sourd ricanement
S'échappe de sa gorge. Il marche à la fillette,
Lui prend le pain des mains, dans le fossé le jette
En disant à son dogue : « Attrape ! » L'animal,
En deux bonds, a saisi le butin déloyal.
Le pain entre les dents il regarde son maître :
« Mange-le, c'est pour toi ! » lui dit le vilain être.
Il regarde l'enfant : le bébé verse à flots
Des pleurs entrecoupés, par instants, de sanglots.
 Le chien a tout compris : il laisse sur la route
S'éloigner, l'œil haineux, son maître qu'il redoute ;
Puis accourt au bambin, et s'assied devant lui
Présentant la tartine. Un doux éclair a lui
Dans l'œil du petit ange où, pourtant, perle encore
Une larme qui brille au soleil qui la dore,
Mais qui roule bientôt sur la tête du chien.
Ce n'est rien une larme : et cependant ce rien,
Cette humble goutte d'eau fait tressaillir la bête….
Comme sous un reproche elle courbe la tête ;
D'un léger coup de patte elle invite l'enfant
A reprendre son pain. Le bébé confiant
Passe ses petits doigts sur la bête attendrie ,
De l'autre main reprend sa tartine meurtrie ;
Puis, la brisant en deux, il en offre une part
Au dogue qui lui lance un caressant regard,
Et s'enfuit dévorant sa moitié de tartine.

L'enfant avait repris sa figure lutine....
Croquant aussi sa part, sur le sentier poudreux
Elle suivait les bonds du dogue vigoureux.
L'homme et le chien allaient sous un bois disparaître :
L'animal se dérobe au regard de son maître,
Se retourne.... et l'enfant, debout dans le chemin,
Jette au dogue un baiser de sa petite main.

UN NOBLE CŒUR

A Mademoiselle M. B.

Son âge était vingt ans ; elle avait nom Hélène.
Elle était grande et svelte, avec de grands yeux bleus
Ombragés de longs cils du plus brillant ébène.
Les noirs éclairs du jais parsemaient ses cheveux.
Sa toilette était simple, et pourtant devant elle
      On se retournait pour la voir.
Son visage était pâle ; on disait : « Qu'elle est belle ! »
Ne la vit-on passer que dans l'ombre du soir.

Elle était douce, bonne, aimable et gracieuse.
Cœur pur, esprit d'élite, on ne la voyait pas
Rechercher les plaisirs. Elle était sérieuse :
Enfant elle avait dû souvent pleurer tout bas...
Avant l'âge on mûrit bercé par la souffrance.
      Elle acquittait avec douceur
Sa mission d'instruire et de guider l'enfance ;
Ses élèves l'aimaient comme on aime une sœur.

On était en décembre. Un matin, dans la neige,
Sous un épais brouillard, seule elle s'en allait :
Chez de riches enfants son devoir l'appelait ;
Mais les petits oiseaux lui faisaient un cortége.
      La douce Hélène, à mi-chemin
De sa route, rencontre une humble mendiante
Qui lui dit, d'une voix craintive et suppliante,
      De ne point repousser sa main.

La femme n'est qu'un spectre (œuvre de la misère).
Hélène — à cette voix qui réclame du pain,
Devant ces yeux hagards que dilate la faim —
Dégante sa main blanche..... et l'ange de la terre
        Dans la main que tend le malheur
Met, de ses jolis doigts, une petite pièce
.   .   .   .

.   .   .   .

« Ange, soyez béni ! » répondit la pauvresse.
        — La prière sortait du cœur. —

« Noble enfant ! » se disait, avec mélancolie,
        Un blond jeune homme au cœur aimant
Qni la vit retirer, souriante, son gant
Pour mettre, avec de l'or, sa main fine et jolie
Dans la main aux longs doigts décharnés par la faim ;
« Noble cœur ! secourable et belle jeune fille,
        » Dont l'œil bleu de candeur scintille,
» Je serais heureux si..... mais, quoi ! puis-je à ta main
» Oser prétendre, moi, panvre et faible poète !...
» Mon âme n'aura point une si douce fête !... »
        Et son cœur soupira.
Hélène s'éloignait ; le poète pleura.

(Paris. 1872.)

LETTRE D'UNE COUSINE A SON COUSIN

A Mademoiselle Jeanne Granier

Du théâtre de la Renaissance

Paroles de Henri MEILHAC

Musique de Charles Lecocq

I

Je ne voulais pas vous écrire,
Mais il faut faire son devoir !....
Il le faut, et je dois vous dire
Ce qui s'est passé l'autre soir.
Dans le salon bleu, chez grand'mère,
On a parlé de vous, cousin ;
On en a parlé de manière
A lui causer bien du chagrin.
Je me faisais toute petite
Pour entendre ce qu'on disait...
On blâmait fort votre conduite ;
Elle est déplorable, il paraît.

Tout ça, vous comprenez, tout ça ne me fait rien
Ce que je vous en dis, moi, c'est pour votre bien.

I I

On disait, c'est épouvantable,
Que vous passez toutes vos nuits,
Dans un cercle, autour d'une table
Où d'autres messieurs sont assis ;
Et là, d'une voix enfiévrée :
« Huit ! neuf ! Banquo ! je prends la main ! »
Quand la séance est terminée
Vous n'avez plus visage humain :
C'est un spectre qu'on voit paraître.
On disait qu'avec un tel goût,
Cousin, vous finiriez par n'être
Plus gentil, plus gentil du tout.

Tout ça, vous comprenez, tout ça ne me fait rien,
Ce que je vous en dis, moi, c'est pour votre bien.

II

On disait encore autre chose.....
Mais ce terrain est si brûlant
Que je m'arrête, et que je n'ose....
Allons ! il le faut cependant !
On disait — c'était la baronne—
Elle en riait, c'était très mal,
Que vous aimiez une personne
Qu'on admire au Palais-Royal.
« Encore, ajouta la duchesse,
En se penchant pour parler bas,
S'il n'avait qu'elle pour maîtresse....
Mais il en a des tas, des tas ! »

Tout ça, vous comprenez, tout ça ne me fait rien,
Ce que je vous en dis, moi, c'est pour votre bien.

IV

Lorsque l'on eut fini, grand'mère
Joignit les mains, puis dit : « Hélas !
Il est perdu, j'en désespère ! »
— Moi, je ne désespère pas.
Le péril est bien grand, sans doute ;
Et, cependant, si tu voulais....
Si j'étais à ta place, écoute :
Moi, vois-tu, je me marierais.
Je chercherais dans ma famille
— Dans la famille, c'est meilleur —
Quelque brave petite fille
Que j'aimerais de tout mon cœur !

Tout ça, tu le comprends, tout ça ne me fait rien,
Ce que je t'en dis, moi, cousin, c'est pour ton bien !

Editeur : Brandus, 103, rue Richelieu, Paris.

———

RÉPONSE DU COUSIN A LA COUSINE

A Henri Meilhac

Paroles de Raoul BONNERY

Musique de Julien Vernhet

I

J'ai lu votre lettre , cousine ;
Je l'ai lue et relue encor.
Vous me grondez ! Comme on devine
Que votre cœur est un trésor !
Elle m'a fait verser des larmes
— Pleurer, c'est quelquefois bien doux —
A mes pleurs j'ai trouvé des charmes :
Ils coulaient à cause de vous.
Cousine, je vous remercie ;
Votre lettre est là, sur mon cœur.
Oh! oui, vous êtes une amie....
Je le répète avec bonheur.

Tout ça, je le comprends, tout ça ne vous fait rien,
Mais, tant pis, je le dis, moi, ça me fait du bien !

II

Eh quoi! cette pauvre grand'mère
S'inquiète et prend du chagrin !
Oh ! je ne veux plus lui déplaire,
Et croyez-en votre cousin.
Non, je ne veux plus qu'on lui dise
Qu'à jouer je passe mes nuits ;
Que, pour plus tard, on lui prédise
D'autres torts chez son petit-fils,
Je veux que, bientôt, l'on répète
Que je serai gentil toujours.....
Et je devrai ce jour de fête,
Cousine, à votre doux secours.

Tout ça, je le comprends. tout ça ne vous fait rien ,
Mais, tant pis, je le dis, moi, ça me fait du bien !

III

Dans le salon bleu, chez grand'mère,
La baronne, m'écrivez-vous,
Vint à conter vilaine affaire
Qui me vaut le blâme de tous.
J'aime, dit-elle, une personne
Qu'on admire au Palais-Royal....
Vous avez raison, la baronne
Contant cela, c'était très mal....
Et cette bavarde duchesse
Qui dit que j'en aime des tas !
Cousine, entendez ma promesse :
Mon cœur est pur.... je n'aimais pas.

Tout ça, je le comprends, tout ça ne vous fait rien,
Mais, tant pis, je le dis, moi, ça me fait du bien !

I V

Grand'mère a dit : « Je désespère ! »
Ah ! redis, redis-lui sans fin :
« Moi, mais moi, j'espère, grand'mère,
Il vous reviendra mon cousin ! »
Charmante cousine, oui, sans doute,
Le péril était grand pour moi....
Mais je triomphe : je t'écoute.
je veux me marier.... et toi ?
Oui, j'ai cherché dans ma famille,
Tu disais vrai, là, c'est meilleur....
Sois la brave petite fille
Que j'aimerai de tout mon cœur :...

Tout ça, je le comprends, tout ça ne te fait rien,
Mais, tant pis, je le dis, moi, ça me fait du bien !

Editeur : Louis GREGH, 10, rue de la Chaussée-d'Antin, Paris.

JOURNAUX LITTÉRAIRES

PUBLIÉS PAR A. CHÉRIÉ

LIBRAIRE-ÉDITEUR

13, rue de Médicis, Paris

1° **Revue des Poètes** (6ᵉ année). Publication bi-mensuelle; impression en caractères elzévirs : papier de luxe. Un an..... **12** fr. Six mois..... **7** fr.

2° **Le Sonnettiste** (4ᵉ année), Recueil poétique et littéraire, paraissant les 10 et 25 de chaque mois. Un an..... **12** fr. Six mois...., **7** fr.

Les deux journaux pris ensemble : Un an, **20** fr.; Six mois, **11** fr.

Ces deux journaux forment une publicité de premier ordre à la disposition des poètes qui désirent faire connaître leurs œuvres.

Chacun des abonnés peut devenir collaborateur.

Des concours mensuels ou trimestriels sont organisés par la Direction qui offre aux lauréats diverses médailles : vermeil, argent et bronze de différents modules.

Le service de ces journaux est fait à toute demande d'échange et à titre de confraternité.

Il est rendu compte de tout ouvrage de poésie ou littérature dont deux exemplaires sont déposés à la Direction.

Un numéro *specimen* sera envoyé à toute personne qui en fera la demande.

TABLE

Alençon — Typ. Ch. Thomas et L. Mention.

9 782329 024677